JEAN CASELLI

VITA TRISTIS

Rêveries fantasques
Romances sans musique dans le mode mineur
Les Mystères
Pensées douloureuses ou bouffonnes
Armonia. — Poésies.
Sperata. — Divan. — Remembrance
Credo
Semper eadem. — Respublica
Épilogue.

PARIS
LIBRAIRIE INTERNATIONALE
15, boulevard Montmartre
A. LACROIX, VERBOECKHOVEN ET Cᵉ
Éditeurs à Bruxelles, à Leipzig et à Livourne.

1865

VITA TRISTIS

JEAN CASELLI

VITA TRISTIS

Rêveries fantasques
Romancès sans musique dans le mode mineur
Les Mystères
Pensées douloureuses ou bouffonnes
Armonia. — Poésies.
Sonata. — Divan. — Remembrance
Credo
Semper eadem. — Respublica
Épilogue.

PARIS

LIBRAIRIE INTERNATIONALE
15, boulevard Montmartre

A. LACROIX, VERBOECKHOVEN ET Cᵉ,
Éditeurs à Bruxelles, à Leipzig et à Livourne.

1865

RÊVERIES FANTASQUES.

RÊVERIES FANTASQUES.

A E. Des Essarts.

I

C'était sur une place où la lune luisait : un vieil
homme en guenilles montrait pour quelques sous les étoiles, et puis dans un grain de blé tout un étrange monde
d'acarus. On voyait, comme des reines, les étoiles mar-
cher, et, comme des manants, les bêtes du grain de blé
se manger l'une l'autre. — Chaque monde suivait sa loi ;
mais c'était une curieuse chose, ce silence où flottaient
les étoiles, et le silence du grain de blé où se mangeaient

les infiniment petits : — De l'infiniment petit à l'infiniment grand, ainsi l'on allait tour à tour, étonné de ces deux abîmes entre lesquels on se trouvait, effrayé de ces deux silences entre lesquels l'oreille percevait le bruit des rues; et le cri du vieil homme en guenilles, à qui ces infinis faisaient gagner des sous.

—

.... Ainsi le poëte à qui le spectacle des choses fait gagner bien péniblement quelques pensées et quelques rêves.

II

ANTITHÈSE.

Penché sur son violon, et pâle comme si son archet jouait sur son cœur, il débuta lentement par un chant douloureux, — triste, autant que lui semblait la vie..., mais peu à peu ses yeux s'éclairèrent, il regarda l'espace, le grand espace plein de soleil, et entr'ouvant la lèvre, comme s'il recevait Dieu, il se mit à jeter plusieurs notes joyeuses.... Elles s'en allèrent, puis revinrent; il semblait heureux avec elles; elles s'en allèrent puis revinrent et tout à coup se firent étincelantes et rapides, — et folles emportèrent son âme au sein d'un éblouissant tourbillon, d'une lumineuse tempête.—Et son archet semblait devenu fou, et ivre mordait les cordes, comme l'amant mord l'amante.... En vérité, lui ne semblait plus vivre:— et il reprit pourtant son chant douloureux, aussi douloureux que la vie.

III

JEUX DE L'AMOUR ET DU HASARD.

Né un peu plus tôt, ou un peu plus tard, ou ailleurs, j'étais peut-être : cardinal, mari trompé ou douairière.... Mystère vraiment bizarre !

1.

IV

IDÉE FUNÈBRE.

. . . .

Quelle étrange chose que la vie, un ange quand on l'épouse; — puis l'ange fait une vieille femme, laide et sotte et maussade, qu'il faut garder quand même.

V

TROP LONGUE ABSENCE.

.... Mon pauvre bien-aimé, il y a si longtemps que je ne t'ai vu, et que dans mes mains je n'ai pris ta tête, et que ton front, je ne l'ai baisé.... Sens comme mon cœur bat de te voir.... Plus d'un qui alors ainsi que nous s'aimaient, aujourd'hui, sais-tu, n'y pensent guère.... Si vite marche le temps qui nous pousse : —mais nous, toujours nous nous aimons.... Enfin tu es donc revenue....

Ma bien-aimée, ma bien-aimée, par le diable que vous voilà vieille.... Et je vis la Lune qui se mettait à rire.

VI

Penser que Dieu, qui entend toutes choses, entend le jour, entend la nuit, tout ce que disent les sots d'ici-bas !....

VII

.... Il est dans les légendes du Nord des condamnés à valser toujours : et il est de même dans la vie des âmes condamnées à rêver sans fin.

VIII

MELENCOLIA.

Bateleurs et poëtes, proches parents, dit Gœthe : la chose est vraie, ils amusent les autres, mais, par mon âme, ne s'amusent guère.

—

Les dieux s'en sont allés, et les poëtes ont quitté le bal avec eux. — Le bal toutefois dure encore : les lustres et les étoiles ne veulent pas s'éteindre, ni les manants s'aller coucher.

—

.... Dans un étang plein de tristesse, la musique a noyé mon âme ; puis tout à coup m'a emporté près d'un grand lac plein de soleil.... Et sur ses bords se balançaient des fleurs, — flexibles et longues comme des corps de jeunes femmes, et se disant tout bas de merveilleuses choses; — et un vent tiède les berçait, fait de chansons et de lumière.

—

O Soleil, tu triomphes des nuages, et rayonnant apparais tout à coup, vainqueur du mal, — mais moi je ne puis repousser l'ennui qui m'enserre et me ronge.

IX

CALME PAYSAGE.

J'ai su que la lune avait un grand lac, qui s'appelait le lac des songes : — un lac profond et pur, comme une âme de vierge, un lac endormi sous de blancs silences et entouré de forêts pâles....

ROMANCES SANS MUSIQUE

Dans le mode mineur.

Mon âme était comme un ciel vide, où tu as fait fleurir étoiles sur étoi- les. — Oh! viens goûter les douceurs de mon âme, de mon âme où pour toi les étoiles fleurissent.

ROMANCES SANS MUSIQUE

Dans le mode mineur.

.... Les cieux versent une mélodie, une mélodie faite de rayons de lune, et les vents s'éveillent, et ils courent réveiller les fleurs pour la boire....

SÉRÉNADE ITALIENNE.

Voici les étoiles levées, — et nous sommes ici, pour vous dire, ô vierge, le bonsoir. Les étoiles se sont levées, et comme nous vous saluent, et doucement comme nous vous font la sérénade. — Venez montrer votre visage : et les étoiles et nos âmes plus doucement encore résonneront ; venez montrer votre visage : venez, belle, parfumer la nuit.... — Oh ! si je pouvais être la Lune, quand vous paraîtrez à la fenêtre, pour boire la fraîcheur de l'air, — si je pouvais être la Lune, qui touchera vos lèvres....

DUO.

Viens sous ces bois où l'air est pâle.... Viens sous ces bois, l'heure d'amour sonne, vois-tu les étoiles qui s'apprêtent ?....

— Je vous aime, et je vous aimerai ; — et vous, combien d'heures m'aimerez-vous, Célio !

— Tant que ta voix sera douce, et que tes lèvres parleront.

— Mes lèvres, vous le savez, Célio, parleront tant que

vous voudrez.... M'aimes-tu?.... mais, écoute, écoute, quelqu'un vient....

— Non, mon amour, ce sont les bois qui chantent.

— Écoute encore,.... j'ai si peur.

— Mon amour, ne crains rien, ce sont les feuilles qui causent..... Oh! vois comme cette nuit est belle, belle et profonde et fraîche, fraîche ainsi que tes seins; — et regarde ce cortége d'étoiles, ce cortége que le ciel te donne, de blanches servantes qui t'éclairent....

—

.... Entre la lune et la mer est un mystérieux accord: c'est pourquoi la lune attire la mer. — Et ton visage attire ainsi mon âme: et mon âme s'émeut, et elle va vers toi par un mystérieux accord.

—

.... La nuit, tant elle était claire, me rappelait hier ton visage, et sa fraîcheur semblait ton souffle, ton souffle virginal et frais....

—

Viens, mon amour, au bord de la mer frissonnante: —

éternellement comme elle, au moindre vent d'en haut, palpite et chante l'âme des poëtes : — viens, suivons le bord de la mer frissonnante, au cœur profond comme ton cœur.

—

Ma bien-aimée revient d'un long voyage : ô mon âme, remplis-toi d'azur, ma lèvre, abreuve-toi de soleil, pour la bien-aimée qui revient... Reviens, reviens, ma bien-aimée : j'ai de l'azur plein mon âme... reviens, ô ma chère bien-aimée, j'ai du clair soleil à mes lèvres.

—

.... Sur ton sein d'argent, ma lèvre a trouvé les parfums d'avril : ma lèvre a goûté sur ton sein d'argent la fraîcheur des lis....

—

Pour tes amours, ô ma pensée, ô ma pensée, sois comme la mer, la mer infinie et profonde, et dont l'âme est pleine de douceur; pour tes amours, sois comme la mer, quand elle reluit au grand soleil, quand elle reluit au grand soleil couleur d'azur et couleur d'or; pour tes amours, chante comme la mer, quand le soir elle chante, soulevant son sein, quand elle chante le soir, et que tout écoute.

—

Oh! si nos corps pouvaient suivre nos rêves, nous nous en irions cueillir les lotus, les lotus pâles et semblables à toi, qui fleurissent le long du Nil.

Il fait si bon le soir, sous les grands palmiers qui croissent le long du Nil — le soir à l'heure du crépuscule. Dans le ciel, sans bruit, passent des files d'oiseaux, de longues files d'oiseaux qui s'en vont dormir, — et tout se tait, et le Nil s'écoule, silencieusement comme le fleuve céleste.

Il fait si doux la nuit sous les grands palmiers qui croissent le long du Nil à l'heure où les étoiles, qui ont ont vu Cléopâtre, content aux jeunes roseaux d'amoureuses légendes.

—

. . . .
. . . .

Nous étions seuls, nos deux lèvres ensemble.... tes yeux jetaient de belles flammes d'étoile. Nous étions seuls.... et sur nos fronts la nuit faisait tomber la pluie de ses fraîcheurs, — et plus douce encore que la nuit, ton âme m'enveloppait de son mystère d'amour. — Et elle est morte, la nuit sainte, où nous nous sommes tant aimés: morte, — comme pour Pâris la nuit des noces avec Hélène....

. . . .

—

. . . .

Pour oublier la terre et l'homme, je m'étais noyé dans les flots, dans les flots d'un tranquille amour, qui m'attirait comme la mer. — L'amour chaudement m'a bercé des jours et des nuits dans ses ondes, dans le calme et profond silence de ses douces ondes lumineuses. — Pour oublier la terre et l'homme, je m'étais noyé dans les flots, dans les flots d'un tranquille amour, qui m'attirait comme la mer....

—

MUSICA.

La Musique m'a pris sur son cœur profond : elle m'a pris comme faisait mon amante, — et m'a réchauffé de ses baisers d'or, — et a essuyé les pleurs de mes yeux.

La Musique m'a pris comme faisait mon amante, — mais sur son cœur hélas ! je me rappelais — les soirs où sur le tien je me baignais aussi dans des harmonies léthéennes.

LES MYSTÈRES.

La vie, le sphinx et la femme, trois
choses mystérieuses et cruelles.

LES MYSTÈRES.

A Stéph. Mallarmé.

Comme ces nuées d'oiseaux voyageurs, qui par-dessus nos têtes traversent le ciel et se perdent au loin, sans que nous puissions savoir ni d'où ils viennent, ni où va leur vol, — ainsi devant nos yeux passent toutes les choses créées..... Et nous ne connaissons ni le royaume impénétrable de la formation des êtres, ni le royaume sombre de leur transformation.

—

Là-haut, dans l'immense éther, volent les semences de l'avenir, les germes des mondes futurs et des amours qui ne sont pas encore. — Et ces germes peut-être ont déjà vécu et sont la poussière du passé.

CHANT NOCTURNE.

.... Seigneurs, nous sommes les vers de terre. On nous avait prêté la vie, et le beau corps que voilà. La créance est échue le terme est arrivé, et nous allons reprendre le bien de notre aïeule. — Gracieux seigneurs, nous sommes les vers de terre....

—

Au-dessus de nos laideurs, au-dessus de nos larmes, le ciel garde un sourire éternellement bleu, — comme si son âme connaissait l'origine et la fin des choses....

ΑΝΑΓΚΗ.

Une nuit le mari rentre ivre, ivre et brutal, voulant sa femme.

Neuf mois après l'enfant s'en vient ; pourquoi faire ? Il
y en a déjà d'autres ; et pas de pain à la maison.

La femme est vieille, son sein est vide. — Quand l'enfant vient, ma foi, tant pis, la femme le tue, l'enveloppe,
le jette je ne sais où, puis s'en va dans la rue, marche,
parle, et boit, boit beaucoup, étant un peu pâle.

Le juge frappe à la porte : mais avec lui un mal terrible, sans frapper est entré aussi ; avant d'aller à la prison,
il faut qu'elle aille à l'hôpital. Le mari appelle son voi-
sin : Aide-moi, que je porte la femme à l'hôpital.

Le médecin veille, le juge veille : la mort fait mieux,
elle l'emmène,

Premier acte, l'ivresse, au deuxième le meurtre, au
troisième la mort : qu'importe, l'eau-de-vie, le rire, la
volupté, cependant sont utiles au monde.

—

De Flandre à Paris elle est venue gagner honnêtement
son pain. Honnêtement, durement, elle a travaillé dans
les fabriques de phosphore, et la voilà à l'hôpital. La
pauvre fille de vingt ans, le phosphore a rongé ses os ;

le poison a bouffi sa face, ses dents toutes pourries chan-
cellent : ulcères aux joues, et par morceaux lentement s'en
vont les mâchoires. — La pauvre fille, elle est perdue ;
plus de joie, d'amours, ni d'enfants : pour vivre, il
lui faut attendre que la mort vienne. — Et tout cela pour
avoir honnêtement, durement travaillé, pour avoir voulu
(la chose est donc bien nécessaire) gagner honnêtement
son pain.

Dans le lit, près d'elle, une jeune femme sourit et
cause, entourée de jeunes gens. Tendres joues pâles,
beaux yeux lascifs : elle respire des violettes. Le mal est
peu de chose, elle guérira, — traderidera — et recom-
mencera : grâce à Dieu, la honte ne ronge pas les os.

PAYSAGE INDIEN.

Une grande foule d'hommes, de femmes et d'enfants
étaient là, attendant la vie, et regardant l'air éternel, qui
ne leur envoyait que du feu. Ils n'avaient pas d'âme, leur

tête était comme celle des animaux, sans clarté, et toute silencieuse ; leur corps était maigre, longs bras, doigts effilés, des jambes comme en ont les morts. — Tout cela faisait pitié à voir. — Qu'avaient-ils fait, et quelle dure puissance leur avait infligé ces douleurs ? — Le Soleil, les Vents, l'Air et l'Eau,—tout ce qu'ils croyaient bon,— ces Immortels qu'ils disaient bienfaisants.

—

J'ai revu ici-bas les infinies douleurs que Dante voyait aux Enfers.

Le cercle de feu est au centre ; aux deux pôles sont ceux du froid : ô race humaine, es-tu damnée ?

Puis combien d'âmes ont perdu le bien de l'intelligence. — Que de vivants qui sont des morts : que de morts qui ne vivent, que pour mieux ressentir leur mort !

O race humaine, race damnée.

—

Souvent j'ai rêvé devant l'eau des mares, — à la surface des fleurs belles et pâles, qui chastement ouvrent leur sein, comme des vierges ; — la fange au fond de l'eau, la fange, pleine d'êtres envenimés. — Ce monde ressemble à l'eau des mares.

Souvent j'ai rêvé devant l'eau des mares, — à la surface des fleurs pâles et tendres, qui s'épanouissent comme des pensées pures ; — au-dessous, la fange, — l'enfer ! — L'âme est semblable à l'eau des mares.

—

L'hôpital et la prison, ces deux abîmes de ténèbres, un jour je les visitai avant d'aller vers Sa demeure.—Les plaintes, les cris, et le rire plus hideux encore que les cris. — Tout cela me suivit jusqu'à Elle, harcelant mon cœur et ma tête : — Ainsi Dante, qui toujours se rappelait l'enfer…. — Et alors je me demandai comment, au même instant, dans le même infini, ces choses pouvaient être ensemble : ces abîmes d'horreur et cet abîme d'azur ?

—

…. Comme dans les flots profonds le plongeur de Schiller, — ainsi plus d'une pensée meurt d'être entrée trop avant dans les choses obscures.

—

.... O Ciel, brise la Terre, et reprends ta beauté !

—

. . . .

.... Cette Vierge aux yeux bleus était comme la vie, = une chose que l'on ne peut guère expliquer.

PENSÉES

DOULOUREUSES OU BOUFFONNES.

La vie est un poison, rapide ou lent,
mais qui grâce à Dieu tue toujours.

PENSÉES

DOULOUREUSES OU BOUFFONNES.

A Madame Le J.

I

Ciel immense, et toi, ardent Soleil, Terre, notre mère, et vous, Océans bienfaisants, vous qui étiez déjà lorsque nous n'étions pas, — vous, les premiers êtres, vous, les premier - nés, — voyez, regardez ce qu'est l'homme, et dites, est-ce bien là ce qu'attendait l'espace?

—

. . . .

. . . .

Ainsi, vous tant fatiguer, Seigneur, pendant six jours de votre éternité, pour loger chez vous, aux dépens de votre repos infini, cette troupe de bateleurs, de coquins et de sots!....

—

Vivre, — apparaître une heure à la surface des choses, — sans savoir comment, ni savoir pourquoi, un beau matin tomber sur cette terre, elle-même venue on ne sait d'où: fatalité terrible, — impossible à comprendre, comme impossible à fuir !

—

.... Sous la terre, dans d'obscures profondeurs, un génie était enchaîné, pâle, et qui étrangement souffrait, quand il pensait aux demeures d'en haut, à la lumière où s'agitent les âmes, où sont les lotus et les forêts vertes. — Et nous aussi, prisonniers de la vie, vers les demeures célestes, nous élevons nos rêveries enchaînées, — vers la lumière où vivent les étoiles, et les lotus des eaux supérieures....

.... L'infini dans ton front, et le ciel dans ton verre !
— povero mio, — tu es donc fou.

—

Comme en ces barques de naufragés, perdues au milieu des grands flots, éternellement en ce monde, les uns sont à manger les autres.

—

Sublime Ether, tu vois nos hontes ; Sublime Ether, tu entends nos soupirs : et cependant tu continues ta marche ; chaque chose en toi mène sa course insensible : — et quoi que nous fassions, tes étoiles sourient....

—

Misérable chose que la foule ! — insensée et brutale, le jouet de tous les vents, une suite de flots sans intelligence, et ne sachant pas ce qu'ils veulent.....

—

Si une fois je pouvais être le Seigneur Lucifer, et jusqu'à la lune faire sauter tout cela ! — Fallait-il donc vraiment une telle mise en scène.... tant de lustres, d'étoiles et de tels décors.

Douleurs dans mon âme, douleurs dans ma tête, par tous les démons que ma tête est lourde! — Oh! si c'était 93, comme vite j'irais là-bas, — j'irais là-bas, avec les nobles, la faire ôter de mes épaules.

—

Un immense désir de lumière m'attire vers les déserts lointains, un immense désir de lumière, de liberté dans la lumière... Sur un cheval, libre comme mon âme, courir des espaces infinis! ....

—

Ce corps me gêne, cette loque me gêne, — cette vie me gêne.

—

. Nous portons tous, comme le vieil Atlas, le poids de plusieurs cieux, l'ennui de plusieurs siècles.... et par instants je crois que l'Infini même ne travaille que pour se distraire.

—

.... Pauvres enfants, doux enfantelets, comme sans défiance ils regardent la vie, et lui tendent leurs petits bras!

—

PENSÉE NOCTURNE

Étoile perdue dans l'infini, et qui là-haut toute joyeuse scintille, peut-être aussi, attaché à ton flanc, tu portes le mal, — et ton flanc saigne. — Or qui dirait à voir la paix des cieux, qu'en eux palpitent tant de choses blessées, et qu'en eux, comme un ver le Mal s'est posé pour toujours !

—

.... Isis, que caches-tu ? — Est-ce ta laideur ?

—

.... Tous voient le visible, mais les élus seuls, l'invisible, les splendeurs saintes de l'invisible : — Or, pourquoi, autour des élus, tous ces condamnés aux ténèbres ?

CHANT RÉVOLUTIONNAIRE

Pourquoi sont-ils beaux, pourquoi sommes-nous laids ?

Vive l'égalité : coupons-leur la tête.... — Et si la mort ne répare tout, les Dieux aussi on les pendra, *Ça ira!*

—

Un pauvre enfant mort passe là-bas, dans son petit cercueil couvert d'un drap blanc : et le grand mystère qu'ignorent les sages, il l'a vu s'ouvrir devant lui.

—

Que suis-je donc venu faire sous le soleil et sous la lune, dans la lumière de l'infini? Je venais pour vivre, — et quand ai-je vécu?....

—

Prométhée se tourne et se retourne : il a beau faire, l'ennui est toujours là, qui le ronge.

DÉSIR DE MORT

.... Certains hommes naissent avec deux maladies graves : leur tête et leur âme... Mais quand le spectacle t'ennuie, que fais-tu, Célio? tu quittes ta place et tu t'en vas dehors, boire l'air....

II

Le rêve est semblable à la mort.

Dans l'infini est un centre immuable où siégent — seules immobiles au milieu de l'universelle mobilité, leur beau front baigné d'éther pur, — les saintes Pensées des dieux, les Mères ! —Et dans ce centre immuable se réfugient les âmes qu'obsède et fatigue la laideur des choses.

CARMONIA.

Harmonie dont le type est aux cieux
dans l'étincelante harmonie des sphères. — harmonie, sois partout, —
et dans nos paroles mêmes.

4.

ARMONIA.

A H. Regnault.

La fleur est le rêve de la plante, et le rêve, la fleur
de l'âme.

—

Créer, créer comme toi, ô Poëte invisible; donner la
vie, donner l'essor à des nuées de pensées harmonieuses; — faire de sa création une claire symphonie, et la
voir obéir au rhythme, comme ces mondes que tu mènes
à travers la lumière : — jouissance vraiment divine !

II

NUITS DE PRINTEMPS.

O mon âme, fatiguée déjà, vois, il est cependant des choses lumineuses ; — là-haut cependant la douceur des nuits, et les grands espaces pleins d'amour....

—

Que de fois j'ai prié l'éther qu'il répandît sur moi ses fraîches pluies célestes et apaisât ma grande soif....

—

.... L'infini résonne comme un océan, un océan le soir, quand le vent fraîchit : l'infini résonne comme une forêt, une forêt le soir, quand remuent ses feuilles ; — l'infini résonne, — et enseigne à l'âme, à l'âme du poëte les rhythmes divins.

III

. . . .

Voici le printemps, la bonne nouvelle, — la bonne nouvelle pour tous les oiseaux. Voici le Soleil venant comme un Christ, ouvrir toutes les tombes, guérir toutes langueurs. Voici le Soleil venant comme un Christ, — le souffle tiède, et la bonne nouvelle.

—

... Comme le Soleil je voudrais vivre, des feux de mon âme réchauffant tout ; comme le Christ, je voudrais mourir, souffrant pour tous, payant pour tous.

—

Que de vibrations célestes et de mouvements dans le sol, pour que l'hiver se change en lumineux printemps, pour que les bois s'emplissent de rayons et de bruits, pour que la plante prenne une âme : que de vibrations célestes, et de mouvements dans le sol, — de chaleurs versées par les baisers de Dieu !.... Et, ainsi, lentement se crée la pensée du poëte.

—

Commme une légion de nénuphars dans le ciel se bercent les étoiles : —et la terre, notre barque, s'avance au milieu d'elles, à la douce lumière de leurs calices blancs.

IV

PENSÉES D'AVRIL.

.... Hymen, ô hyménée, le sein de Danaé s'est empli de chaleurs aux caresses de Zeus.—Hyménée, ô hymen, la Mère, la Mère sent tressaillir son sein. — Hymen, ô hyménée, les pensées de Zeus viennent au jour.

—

Heures de lumière et de soleil, où tout scintille, où tout frémit, où vibrent même les roches chaudes, vous faites

comme elles vibrer les âmes.... Des mers et des montagnes, des fleuves et des forêts monte le rayonnement de
la vie éternelle : des mers et des montagnes, des fleuves
et des forêts, chaque chose envoie le bonheur à
l'homme....

—

. . . .

Συρώπη. —Éternelle Beauté, Clarté Eternelle, t'étreindre, — m'endormir sur toi, en toi me perdre, — sur
une mer écumante de rayons et d'ardeurs !...

—

.... Il y a des soirs d'été où la mélodie de l'Amour
pénètre tout, envahit tout, où la nature est comme
noyée en elle....

BRINDISI

Par l'infini souffle un grand vent d'été.... L'Amour
ce soir donne sa fête, — et il emporte toutes choses

dans un ouragan de joie, et toutes choses ce soir dans l'harmonie se baignent : — Et ivres, les étoiles sont là-haut, là-haut dans les demeures d'azur, buvant l'é-ther, baisant la coupe ; et ivres, les étoiles sont là-haut, là-haut dans les demeures d'azur, livrant leur tête pâle aux caresses, aux divines caresses de l'Amant !.....

—

.... Le peuple des étoiles, à travers l'infini, silencieux s'en va comme une caravane, mais il ne sait où Dieu le mène.... Qu'importe aux choses? Sur les grands bois la nuit verse le souffle des forces invisibles, — et de jeunes fleurs palpitent qui semblaient endormies, et muettes se rapprochent pour de calmes amours.

V

INTERMEZZO.

..... Depuis que j'ai bu à ses lèvres, en vérité je

me sens fou : — je me sens fou comme les Dieux, tant j'ai de chaleurs dans l'âme, de chaleurs qui sur toutes choses en baisers se voudraient répandre. — Comme les Dieux qui sur leur cœur tiennent tous les êtres embrassés, comme les Dieux je me sens fou, depuis que j'ai bu à ses lèvres....

—

Curieux tableau.—Sourires joyeux, bouches joyeuses, la noce défile; après les violons sont les mariés : — La Dame est belle, mais elle est pâle, bientôt vieillira, et mourra.... La Beauté Éternelle, en costume de reine, près de là se tient qui les regarde...

—

.... Toute harmonie en ce monde périt, et dure peu....

V

TRISTESSES NOUVELLES.

. . . .

O Athéné, déesse de l'éther, de l'éther sans tache et blanc comme le lis, ô vierge sainte qui purifies toutes choses à ton souffle de vierge, — porte mon âme au fond de tes solitudes, — dans ces cieux pâles où tu résides, versant l'haleine chaste aux âmes maladives.

—

A travers le grand fleuve d'éther, les morts s'en vont vers des rives lointaines, où les élus boivent le calme....

POÉSIES.

POÉSIES

CHANSON TRISTE

A J. Mistral.

Qu'avons-nous fait ? pourquoi le sort
Nous accable-t-il de misères,
O pauvres condamnés à mort,
    Hommes, mes frères ?

Nul n'y peut mais : un beau matin
Le bourreau vient, dit qu'on s'apprête :
Puis on va comme un assassin
    Donner sa tête.

5.

Le soleil fait naître des fleurs,
Pour égayer le cimetière,
Sans avoir jamais de lueurs
   Pour ce mystère,

Pour cette nuit où nous vivons,
Interrogeant toutes les choses,
Mais où partout nous ne trouvons
   Que bouches closes.

A LA NUIT.

Nuit, mère du Sommeil et du Rêve, Déesse
Secourable et sereine, et chère à ceux qu'oppresse
Ici-bas la douleur de vivre, ô pourquoi fuir
Chaque matin nos cœurs, qui se sentent mourir
Délicieusement dans tes doux bras de femme?
O nuit, pourquoi t'enfuir, pourquoi délaisser l'âme,
Heureuse d'être enfin plongée au gouffre noir,
De ne plus rien entendre, et de ne plus rien voir?
— Il faut vivre quand même; — et que le jour se lève

Chaque matin, chassant la Nuit, chassant le Rêve.

Ici-bas il faut vivre, et distraire les Dieux :

— Ainsi les empereurs, qui s'ennuyant chez eux

Avaient besoin du Cirque où s'égorgeaient des hommes.

—Nuit, prends de nous pitié, voyant ce que nous sommes !

MADRIGAL A LA VIE

A Armand Renaud.

Sphinx horrible et charmant, dont la douce caresse
Nous tue, et dont les yeux sont couleur de l'azur,
Bête aux ongles cruels, dont le regard est pur,
— Ne ressembles-tu pas à plus d'une maîtresse?

— Que t'importent nos cris, nos larmes et nos fièvres?
Impassible, tranquille, et ton beau front bruni
Par l'âge, tu t'étends à travers l'infini
Toujours du sang aux pieds et le sourire aux lèvres.

IDÉES ÉGALITAIRES

A Ch. Sundberg.

Épris d'égalité, devenu tout-puissant,
Le peuple s'est hâté de faire une potence,
Et les rois et les Dieux ici-bas le gênant,
Il a tiré la corde et pendu cette engeance,

J'aime l'égalité : donc, après sa vengeance,
Poëtes, messeigneurs, ne conviendrait-il pas,
La laideur de ses traits nous gênant ici-bas,
Qu'on le mît à son tour en haut de la potence ?

LE RETOUR DU CALVAIRE

Qui donc a prétendu que le ciel fût en larmes
    Le soir où Jésus-Christ est mort?
La lune ce soir-là conservait tous ses charmes
    En déroulant ses cheveux d'or.

Et la nuit, on put voir des êtres qui sont femmes,
    Errant au coin d'un carrefour,
Avoir pour les passants sur leurs lèvres infâmes
    Le mot sublime de l'amour !

DIES IRÆ.

A St.-Timowski.

Voyant l'esprit vaincu par la lâche matière,
L'honneur raillé, les Dieux jetés au cimetière,
La Justice en Pologne être mise au gibet, —
Voyant qu'après cela l'on était satisfait,
Et qu'alors j'étais fou d'avoir une croyance,
Et que rien n'était vrai, que tout était néant,
Je fus pris de dégoût, et maudis ma naissance,
Et maudis le Soleil qui fait l'homme vivant.
— La nuit suivante, après cette angoisse infinie,

Je rêvai que j'étais Satan, le noir génie,

Et que j'étais puissant pour commettre le mal,

Que maître du destin j'enfourchais le cheval

De la Mort, et que moi j'allais tuer la Vie?

— Et ma fureur fauchait tout le bétail humain,

Les bois, les arbres verts, qui nous versent des songes,

Et puis, pour se venger aussi de leurs mensonges,

Renversait les Vénus et leur brisait le sein....

— Et tout, l'homme et les Dieux, le Soleil et la Lune,

Étant précipité dans la fosse commune,

Heureux de contempler enfin le *Vrai Néant*,

Je reposais mon âme, et je mourais content!

MALADIE RÉGNANTE.

L'ennui, l'hôte cruel de nos tristes cerveaux,
A fait sa proie aussi de l'immortel Espace :
La Mort voudrait mourir, et le Soleil se lasse
A faire éclore ainsi tant d'enfants et d'oiseaux ,

Les Cieux péniblement tirent, traînent leur vie,
Voilà que l'amour même est lourd au cœur humain,
Et courbé sous le poids de ses rêves sans fin,
Trouvant l'éternité trop longue, Dieu s'ennuie.

PRÈS DE LA MER.

Au loin flotte l'odeur marine,
L'âpre senteur des grands flots verts ;
Le large vent, le vent des mers
Vient s'engouffrer dans ma poitrine :
J'aime à boire l'odeur marine.

L'air est bleu, mais le vent est fort,
Le vent fouette l'eau sur la rive :
Je reprends ma vigueur native,
Et mon cœur qui se croyait mort
Se réveille puissant et fort.

Je sens tomber toutes mes chaînes,
La mer a bercé mes douleurs,
L'air est venu sécher mes pleurs,
La mer a consolé mes peines :
Je sens tomber toutes mes chaînes.

Mon cœur délivré se fait pur,
A se baigner dans l'harmonie,
Et dans la douceur infinie
Et la pureté de l'azur :
Mon cœur délivré se fait pur.

Au loin flotte l'odeur marine,
L'âpre senteur des grands flots verts ;
Le large vent, le vent des mers
Vient s'engouffrer dans ma poitrine,
J'aime à boire l'odeur marine.

SOLITUDE.

C'était l'heure où Vénus reluit au firmament,

L'heure heureuse où l'amante attire son amant

Dans ses bras, et frémit au toucher de ses lèvres. —

J'étais seul, l'âme en proie à des frissons de fièvres :

J'avais en moi la soif d'amour : je regardais

Les fraîches profondeurs du ciel et me disais :

Les étoiles d'argent sont trop haut pour m'entendre.

Oh ! qui donc m'aimera ? Qui saurait donc comprendre

La souffrance et la soif que je porte en mon cœur ?

6.

Je voudrais un baiser d'une étrange douceur,

Semblable à la douceur de la nuit, un immense

Amour, — or je suis seul, écoutant le silence

Des airs, et ne respire, afin de m'apaiser

Que l'haleine du ciel passant comme un baiser.

.... Sentir dans sa poitrine en feu,
L'immense amour pour tous les êtres,
Et pleurer de n'être pas Dieu,
Ou l'air qui traverse les hêtres,

L'air doux, qui peut de son baiser,
Faire frissonner toutes choses,
Courir l'azur, puis se poser
Sur les lis blancs et sur les roses !....

L'hiver est mort! .... Oh ! si les vents,
Les vents d'avril, si l'air qui passe,
Si tous les souffles du printemps
Emportaient mon cœur dans l'espace ! ....

ADORATION.

O femme, dont les yeux comme l'air du printemps
Sont doux, et qui souris comme font les enfants,
Et dont la chair sans tache est de clarté vêtue,
O femme, c'est par toi que mon âme est émue :
N'as-tu pas observé comme tremble ma voix,
Alors que je te parle, alors que je te vois,
Et comme mon regard vient chercher la caresse
Du tien, et comme il t'aime et te poursuit sans cesse ?
— Il ne m'est pas permis de t'avoir cependant :

Cependant devant toi je reste, et vais plongeant
Ma pensée et mon rêve en ta beauté sereine,
Je reste, et rafraîchis mon âme à ton haleine !
—Si comme ce pêcheur qui devant les flots bleus
S'assit, et lentement vit les flots amoureux
S'approcher pour baiser ses pieds et sa poitrine,
Si comme ce pêcheur en ta douceur divine
Un jour je me pouvais aussi perdre, et sentir
La fraîcheur de ton corps apaiser mon désir :
Oh ! si je me pouvais noyer dans tes tendresses !
Mais non :—ce n'est pas moi, c'est un autre ;—et tu laisses
Mes yeux te regarder, mon cœur aller vers toi,
Sans que le tien jamais pense à venir à moi.

Tous deux avons mis une graine en terre,
Et bientôt peut-être il en sortira
Un arbre d'amour, qui dans la lumière
Étendra sa cime, et nous couvrira.

Je ne sais pourquoi, voilà que je tremble.
Avons-nous bien fait, avons-nous eu tort?
L'arbre où nous voulons reposer ensemble,
C'est l'arbre de vie et l'arbre de mort.

PIÈCE EN TROIS ACTES

I

IDYLLE.

Debout sur la falaise, et perdus dans le rêve,
Sont deux calmes amants qui se donnent la main,
Regardant la mer pâle, et sur le flot lointain
Apparaître à mi-corps la lune qui se lève.

II

CHANSON DE FOU.

Ma mie est si loin : mon âme est partie ;
— Comme il fait soleil et je suis en pleurs ! —
J'ai dit aux buissons de jeter leurs fleurs,
De jeter leurs fleurs où passe ma mie.

Traderidera, quoique l'on en die,
N'avoir plus son âme est un grand malheur.
— La vie est peut-être une maladie
Puisque tôt ou tard tout le monde en meurt.

III

EN PASSANT PAR UN CHAMP DE FOIRE.

Dans une cage de bois blanc,
Où manquait l'espace à ses ailes,
Se voyait un aigle vivant
Qui tenait closes ses prunelles;

Au-dessous de lui s'agitaient,
Roucoulaient, faisaient les coquettes,
Deux colombes qui s'adoraient
Selon l'usage de ces bêtes.

Et par instants l'oiseau royal,

Abaissant ses beaux yeux moroses,

Regardait le couple banal

Qui se contentait de ces choses !

1861

LE CALME DEVANT LA MORT.

Supposons que Dieu soit. — Si tous les misérables,
Ceux qui jusqu'au trépas tristes et lamentables,
Sans pain ni feu, le corps brisé, courbant le front,
Ressemblent aux damnés qui vivraient dans le fond
D'un abîme, où jamais n'entrerait la lumière,
Ceux qui pleurent, comme a pleuré ma pauvre mère,
Si tous les opprimés, si tous les grands proscrits,
Si tous ceux dont le ciel n'écoute pas les cris,

Ceux dont le cœur dolent n'a jamais une fête,

Enfin si le martyr, le juste, le poëte,

Ceux qui prennent pour rois l'Idéal et le Beau,

Restent quand ils sont morts tout entiers au tombeau,

Si tout n'est pas clarté, mais néant, et ténèbres

Pour ceux-là que l'on porte aux demeures funèbres,

Dieu n'est qu'un assassin joyeux de massacrer,

Et vraiment, il fait bien de ne pas se montrer.

— Mais s'il n'existe pas, qu'est-ce alors que la vie,

La naissance et la mort, la mêlée infinie

Des choses? Et pourquoi les printemps qui sont doux,

L'amour, si le Hasard se veut railler de nous?

Donc nous ne serions tous ici-bas, que pour être

Bernés par ce tyran, les hochets de ce maître

Absurde, et ce serait ma foi de beaux objets

A voir qu'un roi pareil, et de pareils sujets!

— Vienne la mort, je veux la regarder en face :

Il faut, s'il est un Dieu, que justice se fasse,

Et que là-haut du moins ils aient aussi leur tour,

Les pauvres gens sans pain, les tristes sans amour;

7.

Ou si Dieu n'est qu'un mot, pourquoi donc à la vie
Tant tenir, et la mort fait-elle pas envie,
Quand on voit qu'on habite au sein d'un mauvais lieu,
D'un infini mal fait, qui n'a pas même un Dieu?

A UNE FEMME.

Le ciel bleu s'est fait chair en ta beauté profonde
    Le ciel profond des nuits d'été ;
Le soleil s'est fait chair : c'est à sa clarté blonde
    Que ton beau corps doit sa clarté.

Et ce que j'aime en toi, ce n'est donc pas toi-même,
    Qui n'es rien que vide et néant ;
C'est l'éternel azur, c'est l'infini que j'aime,
    L'infini trop loin et trop grand !

Non, femmes, ce qu'on cherche en vous n'est pas la femme :

C'est quelque chose assurément

De plus haut, de plus pur aussi que veut notre âme,

De plus pur et de plus aimant.

C'est l'immense douceur que je sens dans l'espace,

C'est toi, Féminin éternel,

Qui soupires dans l'onde ou dans le vent qui passe

Et nous ris à travers le ciel !

1865

SPERATA.

POÈME EN FORME DE SYMPHONIE.

> Notre âme est triste, parce qu'elle attend toujours.

SPERATA.

1

Choisis sur la terre la vie la plus haute, — celle même qu'y choisirait Dieu, si Dieu descendait parmi nous.... et ne crains rien qu'une lâcheté en ton cœur et une tache à ton âme.

—

.,... Je veux ce que les Destins voulaient: je veux que la terre porte des hommes: — et l'Homme, c'est une belle âme dans un beau corps.... je veux qu'ils soient tous grands et purs, dignes du regard de l'Infini; que la Parole achève sa création; — où règne la Mort, que la Vie descende, et où tout est sombre, que la lumière soit! . . .

—

.... De grands combats et de grandes souffrances, de grandes amours et de grands dévouements, c'est là l'unique destin qu'acceptera ton âme .... Mais il te faut savoir que nul ne te suivra et que tu vivras seul, — seul, sous le poids de tes pensées, dans le silence des choses, comme Atlas sous le poids du ciel. — Or le Christ même eut peur, le soir où tous l'abandonnèrent.

—

. . . .
. . . .

.... Ce que tu entreprends est au-dessus de tes forces. Vois, la lutte est commencée à peine, et déjà ton courage s'affaisse, et tu t'irrites que personne ne t'aide à contenir et à mener ces immenses flots d'âmes, ces flots aveugles qui vont à l'aventure, se pressant, se poussant comme un troupeau de bêtes....

. . . .

—

Un jour, j'ai compté ceux qui avaient péri, à se dévouer pour eux : et alors m'a saisi un infini dégoût. — Donc, tandis qu'ils mouraient, tu les regardais faire, race curieuse des choses nouvelles, — et puis eux morts, tu retournais à ton rire, et toujours de même, et ce fut et ce sera de toute éternité....

. . . . ,

—

Tous au néant s'en vont tranquilles : — ils tuent ceux qui voudraient en arrêter un seul.... et vraiment, à force de les voir, on descendrait jusqu'à douter comme eux, qu'un Dieu jadis les ait faits. . . . .

. . . .

Tant de soleil, et pas un homme. . . . .

—

. . . .

8

. . . .

. . . .

. . . .

—

Tes rêves, — ils ressemblent à celui d'un condamné à mort, qui se voyait, dans son sommeil, le matin même de son exécution, prince tout-puissant, empereur inviolable. . . . .

—

... Et sans cesse je regardais les cieux, leur demandant s'ils étaient vides.... et il se fit en moi de ténébreux silences.

II

Par quel mystère, Célio, de la hauteur de tes rêves, es-tu donc tombé où je te vois, préférant aujourd'hui la tranquillité des âmes mortes ! ....

—

Le soleil est là-haut, ainsi qu'un ménétrier qui conduit la danse ; et ses rayons s'épanchent comme des sons joyeux.... Le vieux Soleil, il veut qu'on rie ; le vieux ménétrier veut qu'on chante ; mais bien certainement le bal est triste, et l'on s'ennuie....

—

.... Au cimetière, regarde, ils mènent tous les dieux : — et personne ne pleure ; ils ont tous, sur mon âme, de joyeuses figures d'héritiers.

—

.... Sur nos têtes, l'infini qui est Dieu ; au-dessous, l'infini encore ; et au milieu, — le bruit des rues, — ces hommes et ces femmes, — toutes ces fanges.... Quel rêve, et qui le fait donc? Est-ce l'infini ou moi? — moi, mon cerveau malade, — ou à la fois, le cerveau malade de l'infini, et le mien? ....

—

Or, puisqu'avant la création la souffrance n'était pas créée, — qui demandait donc à souffrir ?

—

Si en vérité, comme le dit le vieux docteur Nolthenius (écoute ce raisonnement, Tiberio), chaque homme est un point qui partage deux éternités et deux infinis, ce bourgeois qui passe là-bas, avec ses joues rondes et l'âme à l'avenant, a lui aussi l'honneur d'être un point qui partage deux éternités et deux infinis ... et penser enfin, — écoute encore, Tiberio, — que ce bourgeois et Dieu, tout cela vit en même temps, à la même heure, — l'un touchant l'autre. — .... Tiberio mio, est-ce que je deviens fou?

—

Et n'est-ce pas certain que ce pauvre globe de quel-

ques mille lieues de tour n'a pas seul en ce monde
la fatigue de porter des faquins et des hommes d'esprit,
des pédants et de jolies femmes ?

—

Du vieux papier, on fait du neuf, et des morts se font
les vivants, et toujours ainsi jusqu'à la fin des siècles,—
et si tout cela n'est que cela, néant pour néant, valait-il
pas mieux le néant calme ? ....

. . . .

En vérité, la vie est comme le sphinx : elle tue ceux
qui ne la comprennent pas.

—

. . . .
. . . .

Oh! mon pauvre Célio, tu n'as plus même la force de te
jeter dans un fleuve.

—

. . . .
. . . .
. . . .

Un soir de printemps, les airs chantaient des chants grecs, et un refrain vieux comme le monde.... Dans quel point de l'espace, Tiberio, peut être en ce moment Héléna la morte; — puisque, dit-on, les morts revivent?....

Un soir de printemps, les airs chantaient des chants grecs, et un refrain vieux comme le monde.

—

. . . .

. . . .

O Beauté, oui, tu existes, tu es, — et seule tu peux guérir les âmes mécontentes....

Vers la lumière se penchent les fleurs, se penchent les fleurs altérées d'elle.... et vers la beauté vont les âmes, ne s'épanouissant que par elle....

Un soir de printemps, les airs chantaient des chants grecs, et un refrain vieux comme le monde....

—

L'esprit de l'amour souffle où il veut, quand il veut, et nul ne lui peut résister; et la vie renaît, où était la mort.

—

. . . .

. . . .

. . . .

O Harmonie, mère de la Joie, je hais ce monde où je ne t'ai pu trouver: — fais que je t'y trouve enfin, et fais que j'aime encore, et que je croie encore en la sainteté des Dieux....

—

. . . .

.... Sperata, — vierge où toute beauté réside, — j'erre d'amour en amour, de pays en pays, te cherchant, Sperata.... Aux solitudes de ta pureté, mon âme veut repuiser la vie. .. Je veux t'aimer, je veux aimer en toi l'azur des cieux que je ne puis étreindre. .. Sperata, — ô vierge où toute pureté réside, — je veux t'aimer, — je veux sentir l'éther pur à mes lèvres; sur les flots de l'être, ô ma bien-aimée, quand verrai-je s'épanouir la fleur de ton visage?

III

....O Sperata, j'ai préparé mon âme, pour recevoir ton âme. — La terre veut le soleil, et l'homme triste la tombe : mon âme voulait ton âme, et ma lèvre ta lèvre....

—

De tes yeux descend une clarté tendre, la clarté des étoiles, et dans le calme de ton être ma pensée se voudrait perdre comme dans un océan de silence.... Jusqu'à la mort, au delà de la mort, sous tes lueurs d'étoiles, à ta lumière fraîche, je veux vivre....

—

Si douce est ta voix et si pure, qu'elle attire l'âme, ainsi qu'une musique.... Si doux est ton regard et si pur, qu'il attire et appelle jusqu'aux petits enfants.

—

Le beau ciel profond que ton regard, Sperata ! et que la

vie est sainte à l'ombre de tes tresses d'or!... Une heure, seulement une heure, porter à mes lèvres la fleur de ton amour, — et puis, que la mort m'emmène....

—

La lune blanche flottait dans le grand ciel bleu, ainsi qu'une pensée toute plongée dans son rêve : — dans le grand ciel bleu qui se déroulait comme une strophe d'harmonie parfaite, flottait la lune blanche, radieuse, — ainsi que mon âme toute plongée en toi....

—

.... L'amour le doux fiancé s'approche : ouvre ton sein, ma bien-aimée : voici les rayons de soleil : comme les lis, ouvre ton sein ; l'éther frémit, le Dieu s'approche : ouvre ton sein, ma bien-aimée. ..

. . . .

.... Et nos deux cœurs délicieusement vibrèrent, comme dans la création toutes choses, quand le soleil parut....

—

Viens au clair de lune, viens, Sperata : les fleurs cher-

chent les fleurs, les âmes cherchent les âmes.... Viens au clair de lune, Sperata. — Voici, voici l'heure des fiançailles.... le ciel est le prêtre et nous bénit : et les étoiles sont les témoins....

—

.... De baisers en baisers, monter jusqu'à Dieu.,... Me perdre en toi, en toi m'anéantir, comme la mort dans la vie !....

. . . .

—

.... Il y avait tant d'étoiles à la fête, à nos fiançailles il y avait tant d'étoiles. Les feuilles chantaient nos noces, la Lune nous était douce ; — et ta beauté s'était revêtue de sourire, du clair sourire des nuits aimantes....

—

Ta beauté n'est pas faite des éléments terrestres, et sans doute est fille des mondes lointains. Une clarté est en toi, une force lumineuse, que je n'ai vue encore qu'aux choses immatérielles, en des regards de fleurs, en quelques notes profondes, en des lueurs mystérieuses traversant tout à coup les grandes nuits d'été. — Et l'étrange est aussi dans le son de ta voix, plus divinement douce qu'aucune voix d'ici-bas....

—

La lumière profonde de l'éther supérieur éclaire tes yeux ; la lumière d'amour qui est dans ton âme donne à tout ton corps la blancheur des lis ; — la lumière profonde, qui éclaire tes yeux m'a ramené, Sperata, vers les chemins célestes.

—

... Voici le chaud printemps : — ô Sperata, regarde ces flots d'amour qui à travers l'espace s'en vont de ciel en ciel, de soleil en soleil : regarde palpiter le grand océan de l'air.... regarde et écoute, ô ma bien-aimée : dans l'espace qui vibre comme un cœur immense, toute chose aussi vibre heureuse, et partout s'épand, comme une mélodie, le souffle puissant de la joie. — Voici le chaud printemps : Oh ! si je pouvais t'envelopper d'azur, comme l'Amour au printemps enveloppe les mondes ! Si je pouvais à tes lèvres verser toute l'ivresse de cet infini....

—

La vie est un chant, chaque âme est un son, chaque monde un accord ; — et le Maître, immobile, et le sistre à la main, mène l'harmonie éternelle. . . . .

. . . .

—

.... Or tout à coup dans l'ombre, je vis Atropos, l'inévitable, qui au-dessus de moi se dressait pâle.

I V

. . . .

. . . .

. . . .

—

Sperata, Sperata, oh! ne m'entends-tu pas, quand la nuit je t'appelle, comme une mère son pauvre enfant mort. . . . .

A travers l'infini, nous nous étions trouvés, et maintenant donc, — à travers l'infini, — nous continuerons notre course, sans nous jamais plus rencontrer, sans jamais plus nous revoir.

—

.... Notre amour était un merveilleux monde, un monde au delà des mondes, une sublime solitude dont tes regards étaient la lumière : — et si doucement résonnait le paradis de ta voix, — claire et profonde comme le ciel...

O mes souvenirs, vous êtes la tombe, où mon âme se veut reposer; — vous êtes le ciel, ô mes souvenirs, où toujours habitera mon âme.

Il n'y a plus pour toi ni printemps ni nuits sereines.— Toutes tes nuits autrefois s'emplissaient de lumière, èt maintenant, que te serviront-elles?

—

Si dans une coupe j'avais pu mettre la pureté de tes yeux, les douceurs de ton sein, — et les boire, — et mourir, Sperata, l'âme tout embaumée de toi!

—

Une nuit donc, j'étais dans un merveilleux vallon, un vallon tout parfumé de rayons de lune; — une nuit, j'étais dans un merveilleux vallon, et mes sens se faisaient parfaits, et pour la première fois je voyais l'invisible, par delà les espaces des espaces encore, et des étoiles, par delà les étoiles.... et la clarté de ces étoiles devenait de plus en plus vive, mais cependant demeurait toujours tendre, — tendre comme la clarté qui sortait de ta beauté d'étoile, Sperata.... et le bleu où vivaient ces mondes devenait aussi plus profond, et la lumière de la lune plus aimante, — aimante et virginale comme ton âme de lis…. et tout ce rêve tu l'éclairais encore de ta blancheur céleste.

—

O Réalité, ô sombre Déesse, toi qui d'auprès de nous chasses tous les rêves, qui brises les amitiés et les amours, toi qui mets fin à tous les saints bonheurs, tu m'as de nouveau rencontré, — me voilà de nouveau sous ta noire puissance.

—

Ma nourriture, ô Sperata, était ton âme, était ton souffle et ton regard : et maintenant, — comme un Dieu chassé, — il me faut donc manger le pain des hommes.

—

…. Non, celui-là n'eut pas soif de la vie, qui jamais n'eut soif de la mort….

—

…. Ce soir, c'est fête dans l'infini : l'espace s'illumine et les airs frémissent : ainsi que des oiseaux dans

les cieux d'été, les astres s'élèvent : et tu es seul, ...
songeant à l'azur d'autrefois, fermant les yeux, et entr'ou-
vrant les lèvres, — comme si l'haleine des soirs te rappelait le souffle de la morte....

—

Bois, ô mon âme, toute cette lumière, — tout cet
amour : bois ces forces que l'éther épanche.

—

. . . .
. . . .
. . . .
. . . .

—

Sa beauté était la fleur suprême, la forme suprême ;
et en toutes les formes lumineuses, tu cherches maintenant à retrouver sa clarté : — comme Dieu, qui voulut
l'homme à son image, maintenant tu veux la vie universelle, la vie universelle et la cité même, à l'image de ton
rêve harmonieux, — du monde harmonieux de Sperata.

—

Qui a vu une fois et compris la Forme aime pour toujours à faire le bien.

———

. . . .

. . . .

. . . .

———

Puisque éternellement ce sera ton destin de n'aimer que l'inaccessible, reprends la lutte; —et aux heures de fatigue, tu te réfugieras dans les cieux de tes rêves, dans les splendeurs de tes souvenirs; — et là, tu repuiseras sans cesse la volonté de rester grand.

———

O Ciel, qui portes les étoiles comme une mère ses enfants, fais que je devienne aussi un être lumineux, semblable à ces étoiles qui rendent les nuits douces : — fais que mon âme soit éternellement un monde de clarté épanchant la clarté, un monde d'amour versant l'amour; —fais que je sois toujours semblable aux hommes justes....

9.

V

> Travaille pour la victoire de Dieu, qui
> sera celle de l'Harmonie, — et vis comme
> si déjà tu étais entré dans l'immuable.

.... Va, ma Pensée, poursuis ton œuvre : invisible
d'abord, comme la Pensée de Dieu, tu te répandras par
l'espace, et lentement se fera ta création.... Et tu feras
passer du néant à la vie les choses silencieuses et tristes,
tu feras au soleil monter des âmes et s'élever des peuples.... Non, ma Pensée, tu ne périras pas : — tu ne
t'es pas enfermée dans le temps, dans les espaces où tout
meurt ; — tu ne t'es pas appuyée aux choses qui chan-
cellent : — c'est l'infini qui te contient, tu es l'infini
même, tu es la pensée de Dieu ; tant que Dieu vivra, tu
vivras, et tu sais que tu régneras un jour.... À toi seront ces hommes, à toi seront ces mondes ; ton royaume
dépassera ces royaumes, comme ta force dépassera leur

force.... et nul ne pourra t'arrêter, ni les rois malfaisants, ni les Dieux malfaisants, ni la vieillesse, ni la mort. — Longue sera ta lutte, éternelle ta victoire.... Moi, dans mon cercueil, je l'attendrai, — tranquille et confiant comme le vieux Jean à Pathmos....

—

.... Aurores futures, Avenir , ... O harmonie divine, ô Sperata !

1863.

DIVAN.

DIVAN.

Amour, vin étrange, ceux que tu désaltères ont toujours plus soif après qu'ils ont bu.

—

.... Si je pouvais comme Dieu étreindre l'infini? Si
je pouvais comme Dieu étreindre tous les mondes ! Si je
pouvais comme lui couvrir toutes les âmes de l'immense
azur de ma joie....

—

La nuit apaise l'âme et le corps, versant sur le fini le
calme de l'infini.

.... Vois toutes choses s'unir, ivres de volupté, et ainsi, d'âge en âge, se prolonger les noces éternelles....

—

Ce n'est pas seulement dans les yeux des femmes qu'est le paradis, mais il est aussi dans l'amour, qu'à certaines heures la Nature verse aux choses.

—

.... L'extase est une mort qui te transfigure, et tout transfiguré t'emporte dans la lumière.

HYMNE DANS LE GENRE PANTHÉISTE.

Comme la pensée est dans les mots, Tu es en tout ce qui est pur, en tout ce qui est beau et pur, en tout ce qui luit et qui aime. — Quand je suis l'oiseau, Tu es l'air, et je me sens porté par Toi; Tu es le soleil, quand je suis la fleur, et je me sens vivre par Toi; quand je suis l'homme, Tu es la femme, la femme au cœur doux et profond. — Tu es la grappe, quand j'ai soif et je m'enivre à Te boire ; pendant l'été Tu Te fais arbre, et je m'endors à Ton ombre ; Tu Te fais, la nuit, clarté d'étoile pour envelopper les amoureuses.... Tu es en tout ce qui est pur, en tout ce que Tu as créé.—Lorsque je meurs, Tu es la vie, et Tu me reprends dans Ton sein.

—

La nature semble à certains jours une symphonie sereine et parfaite, où tous les sens éprouvent un état de jouissance idéale.

—

La femme est semblable à l'étoile, l'étoile est semblable à la femme.—Toutes deux, par la nuit des choses s'avancent revêtues de lumière, et éclairent et consolent l'âme attristée du poëte. — Toutes deux sont fécondes et enfantent la vie : la femme aux baisers de l'homme, l'étoile aux baisers de Dieu.

—

.... Les fraîches lueurs de ton sein, ouvre-les-moi, ma bien-aimée ; — ouvre-moi, ô ma bien aimée, le

10

calme profond de tes bras,—leur calme divin et profond,—profond comme celui de la mort.

—

Voici l'été, le soleil chante : toutes les âmes sont en joie.—Voici l'été, le soleil chante, —comme jadis chantait Homère. — Au loin s'épanchent ses rimes d'or ; les mondes se suspendent à ses lèvres, à ses belles lèvres de poëte.— Voici l'été, le soleil chante : sous la caresse de ses chants, viens, ô ma chère bien-aimée, faire ta beauté plus joyeuse.

—

.... Le ciel est pur ce soir, ainsi qu'une pensée rayonnante ; le ciel est pur comme une âme, tout illuminée par l'amour. — Dieu a fait le ciel à l'image de sa pensée et de son âme.

—

La nuit est douce après le jour, comme la mort après la vie ; — comme le sein des amoureuses, après le jour la nuit est douce.... Elle ouvre les cieux et dévoile l'harmonieux silence de l'infiniment grand ; — la nuit est douce après le jour, et la mort douce après la vie.

CHŒUR D'ESPRITS.

Des bas-fonds de ce monde et de l'air pesant déga·
geons nos âmes, et puis nous irons là où il fait bleu.…
Aux rayons de la lune, réchauffons nos lèvres ; aux
rayons de la lune endormons nos peines.… aimons,
aimons.… Nageons dans l'air, nageons en haut ; —
nageons dans l'air, ouvrons nos ailes.

—

.… Dieu du ciel, ne souffres-tu pas de voir toujours l'homme traverser ton rêve ! .…

—

Les fleuves sont l'image de l'Éternité fraîche. —
L'Éternité, comme eux, meurt pour renaître, et renaît
pour mourir.—Les fleuves sont l'image de l'Éternité
fraîche, profonde et fraîche, mère des choses !

—

.… Amour, baiser de Dieu, sous lequel l'âme
étouffe ! .…

(Inachevé.)

REMEMBRANCE.

L'harmonie de l'âme et du corps jamais ne m'apparut plus belle, et si son âme illuminait son corps, son corps aussi semblait illuminer son âme.

REMEMBRANCE.

.... Et il fut donc un temps où nous nous aimions tous les deux, où je respirais la fleur de tes lèvres.... un temps, ô Sperata, où nous n'aurions pu croire que ce temps-là dût finir....

—

Tout ce qu'a de douceur la création, toute cette douceur était en toi, — plus silencieusement douce que les tièdes nuits d'été, plus mystérieusement douce que le sein de la mer,.... comme si l'éternel féminin s'était rendu visible en ta beauté de lis !

—

.... Une nuit que les cieux se parfumaient d'étoiles, et que l'éther était plein de langueurs, de ces langueurs et de ces clartés d'étoiles, Dieu sans doute une nuit fit ton corps .... ton souffle était le souffle de l'éther, et dans tes yeux j'aspirais les lueurs de l'éther....

—

La lumière éternelle, l'éternel amour semblaient illuminer ton être. Or je n'avais bu qu'aux sources terrestres, et j'avais soif d'une source divine.... et en te regardant j'étais pâle, tant j'avais désir, ô ma bien-aimée, de tremper ma lèvre à ton âme.—Et nuit et jour j'allais songeant à toi, à toi, ô Sperata, qui m'étais apparue, comme le ciel, toute vêtue d'harmonie, et toute baignée de pureté fraîche.

—

Ta voix tomba comme une rosée sur l'aride désert de

mon cœur : ta voix, tombant comme une pluie d'amour,
apaisa enfin ma grande soif.....

—

Nul ne dira la profonde beauté de ton sourire, ô Sperata, semblable à ce sourire qu'ont les nuits de printemps,
et que j'ai vu aussi en de certaines fleurs. —Un étrange
mystère repose dans les fleurs, dans leurs jeunes regards
étrangement doux : et le même mystère, il m'attirait par-
fois dans tes regards semblable à des regards de fleurs,
tellement ils recélaient des lueurs d'infini.

—

Les forces d'amour qui remplissent les cieux semblaient
s'être incarnées en toi, — et comme la parole prouve
la pensée, tu me prouvais la vie surnaturelle.

—

.... Cette lumière, qui, du sein de la nuit, sort et
révèle Dieu, sortait aussi de ta beauté : et la paix
qu'épanche la nuit, — à l'heure où tout bas les étoiles
parlent mystérieusement aux fleurs, — la paix harmo-

nieuse qu'épanche la nuit, ô Sperata, elle était dans tes regards, dans les abîmes de tes regards limpides . . . . . Or mon âme, aspirant à la paix, la trouvait donc en l'harmonie suprême de ta beauté suprême, — et de tout ce monde je n'aimais que toi, toi qui n'étais pas de ce monde.

—

O toi, qui paraissais quitter l'air des cieux supérieurs, j'avais pitié pour toi te voyant ici-bas offrir ta chair immaculée aux influences de la vie . . .

—

Ton corps, comme une mélodie parfaite, attirait l'âme : et tu étais comme ces lacs d'azur, ces lacs limpides où l'on voudrait mourir.

—

. . . . Il y a des soirs que l'année n'oublie pas, des soirs de printemps qui font tout fleurir, — et éternellement ainsi je me souviendrai des premiers soirs où je te vis. . . .

—

. . . .

.... Je serai le soleil et tu seras l'étoile : tu seras dans ma vie, tu vivras de ma vie, et tu t'endormiras aux chaleurs de mon âme. — Je serai le soleil et tu seras l'étoile, et je respirerai la fleur de ta lumière.. .

Cette chanson, jadis je te la disais ....

—

.... Rien n'est doux comme la musique : aussi ton beau corps, mon amour, j'eusse voulu l'envelopper d'une atmosphère de musique. Dans la lumière et la musique, j'eusse voulu pouvoir l'adorer, — ton beau corps qui avait la douceur de la lumière et de la musique.

—

Aurora pouvait être ton nom, toi qui ressemblais à l'aurore. Comme elle tu souriais à tous, et ta présence faisait la joie des choses.

Aurora pouvait être ton nom, ô toi qui chassais les ténèbres, — et qui étais et es demeurée pour moi l'image de l'éternelle aurore.

—

.... Le moindre mouvement de ton corps mélodieux, le frôlement de ta robe, la merveille de ta voix, m'enveloppaient d'une sorte de musique : et en cette musique, comme en pleine lumière, délicieusement se baignait tout mon être. — La musique des jours passés, ô Sperata, ne la retrouverai-je plus ? ... O Sperata, ne la retrouverai-je plus, la musique de ta présence ?

—

J'ai fait un rêve. Nous étions tous les deux sous l'azur clair et tiède d'une nuit des tropiques ; et les étoiles sans scintillation versaient la clarté tendre des espaces planétaires sur la mer toute murmurante et tout enveloppée de vapeurs ; — nous étions au bord, sous une grande forêt : — et tu étais, ô Sperata, pâle et divine comme cette nuit calme ; et te tenant près de moi, te tenant à mes lèvres, je croyais y tenir la nuit même.

—

Celui qui buvait tes douceurs perdait la mémoire ; celui qui te contemplait était comme abîmé dans la vision de l'harmonie suprême.

. . . .

. . . .

Tu fus pour moi plus haute que toute créature, et comme la Vierge, l'honneur de la nature humaine, le plus beau rêve qu'ait fait Dieu. Que ta protection demeure sur mon âme .... et puisse-t-elle être dans mon âme, la paix qui résidait en toi !

CREDO.

Crois à ton âme, à ces voix qui te parlent, à ces mouvements qui font courir en toi des chaleurs étranges, une étrange confiance ; crois au divin qui agite ton être, à l'infini sollicitant le fini ; — crois à l'idéal, et demeure opiniâtre en cette foi qui crée la vie haute.

CREDO.

A ma mère.

Κόσμος

I

Pour qui sait voir, Dieu luit à travers toutes les choses,
et notre amour s'arrête où est la plus grande lueur.

——

La vie n'est qu'amour, puisqu'elle n'est qu'union,
union mystérieuse d'éléments d'abord séparés, et toute
vie de même, vie du corps, vie de l'âme, de la cité, du
ciel immense.... Chaque être humain, contenant le

corps et l'âme, — l'infini contenant la matière et Dieu : amour, union, plusieurs en un....

Il y a dans toute la nature quelque chose de surnaturel, c'est-à-dire de supérieur à la nature, si je la définis : la matière avec ses seules forces .... Il y a quelque chose de divin dans toute la nature et en nous.

—

Dieu se révèle sans cesse en ces forces lumineuses, qui créent la vie et la soutiennent, — et la nature est comme la Sibylle, toute frémissante de l'esprit saint, et la nature est comme le Christ, un sublime Verbe, où Dieu habite !

—

.... Un mystère repose, un mystère d'amour, au fond de certaines fleurs et de certaines nuits tièdes ;.... mais les mots malaisément expriment ce qu'enseignent les choses silencieuses.

—

Médite sur le miracle de la beauté humaine, et sur celui des cieux pleins d'étoiles.... N'est-ce pas miracle

que les lignes d'un visage créent une harmonie si parfaite
qu'elle nous puisse troubler une vie tout entière ?

—

Tout vient d'en haut : la ligne et la mélodie pure, la
loi et l'accord.

—

.... Le beau est la pensée constante de la création,
toutes les forces ne tendant qu'à produire des formes :...
Éternellement la beauté des corps fait se souvenir de la
beauté de Dieu.

I I

Ἀνθρώπος

Quelque chose est aussi en nous d'incompréhensible, et qui est pourtant, le mystère de l'inspiration, le mystère du cœur. — Or ce mystère, que certains philosophes appellent le point fixe et immuable, est pour notre âme la source invisible de la vie, — ce qu'est Dieu donc pour la nature....

—

Dieu est en nous, comme le magnétisme et l'électricité dans les corps: il ne faut qu'un souffle, un courant qui passe, et la lumière cachée se fait visible.

—

.... Si tous nous n'avions des organes surnaturels. faits pour une vie surnaturelle, d'où viendraient ces mouvements étranges qu'en nous produit la vue du beau ?

Entre le divin et notre âme est une harmonie préétablie,

comme entre le son et l'oreille : sans cette harmonie,
l'oreille entendrait-elle le son, et l'âme le son du divin?

—

. . . .

Les âmes, comme toute création, n'arrivent à la vie
qu'à force de déchirements et de douleurs, et ne doivent
jamais s'arrêter; mais comme toute création, de plus en
plus se pénétrer de lumière.

III

Excelsius!

Il y a des pensées, des pensées et des étoiles que de cette terre nous ne verrons jamais.... Des limites de ce monde trop étroit pour ton âme, tu entres dans la mort dans les larges espaces : ne crains donc pas la mort qui te fait libre.

—

.... Petites sont les étoiles, et pourtant quelque chose. — Petites aussi nos âmes au sein de l'infini, et pourtant quelque chose, quand elles sont clarté.

—

Si la nature de l'homme est vraiment supérieure, il doit à la mort, de même qu'à la naissance, échapper à la loi des natures inférieures.

—

La plante au delà du soleil ne veut rien ; l'homme tend vers quelque chose au delà du soleil : c'est qu'au delà quelque chose l'attire....

—

.... Notre âme pressent une vie au delà de cette vie, mais comme la jeune plante ou le corps des vierges, qui pressentent l'amour sans le comprendre.

IV

Laboremus.
Vivre est toujours un effort, un
effort vers la vie.

Ce monde n'est qu'une statue ébauchée, et que nous avons à finir.

—

Comme la terre qui se tourne en un jour d'abord vers le soleil, et puis vers l'infini, qu'également ta pensée se partage, entre ta maison, ta famille et ton peuple, et l'immense vie générale.

Je n'ai jamais compris qu'un homme pût renfermer l'élan de son amour, ni dans une seule patrie, ni dans une seule Église.

—

Il n'est pas de bonheur humain qui égale la joie de consoler les tristes. — Un vrai chrétien est celui qu voudrait soulager toutes les douleurs, guérir toutes les plaies, et qui fait tout pour en guérir tout ce qu'il peut.

—

.... L'homme sera-t-il ou ne sera-t-il pas ce que les Destins veulent de lui? Toute l'histoire est là; et le but de l'histoire est aussi le but même de la création, la venue de l'Homme.

—

.... Or voici comment il faut lutter : que toute pensée devienne une parole, et toute parole sainte, une sainte action.

—

. . . .

Un jour, je vous le dis, vous tirerez des Dieux de cette poussière humaine, comme Dieu de la poussière aussi tira l'homme....

—

Imitez la sainte vie du Cosmos : chaque mouvement en lui, la moindre vibration devient lumière, et tend vers la beauté : — et qu'ainsi toutes les forces, contenues en nos âmes, n'arrivent qu'à produire des choses harmonieuses, des rhythmes merveilleusement beaux.

. . . .

.... Les sphères célestes versent des notes qui donnent l'accord, l'accord suprême : les cieux chaque nuit
donnent l'accord, mais la terre ne veut pas l'entendre....

—

. . . .

. . . .

Le corps est une fatalité terrible, et tu le sais
toi même.... Le corps est une fatalité terrible, et l'humanité a comme toi une âme qui l'appelle, et un corps
qui la retient.

—

. . . .

Chercher le bien des hommes, et éternellement sentir
le démon de l'impuissance ainsi qu'un vautour vous ronger
l'âme : —c'est le noble martyre de ceux qui ont une âme.

—

.... Je vois devant moi la vérité, la beauté, l'amour,
je vois devant moi Dieu, je le vois, et je vais à lui ; et

avec moi je voudrais entraîner toutes les âmes, toutes les nations, tous les mondes, sachant que quiconque va à Dieu va au repos, à la lumière, et à la joie dans la lumière.

—

. . . .

. . . .

.... La science, asservissant la matière à l'esprit, continue le miracle de la création, et elle aussi prépare le triomphe de l'Homme.... et un jour viendra où les hommes seront comme le Christ, aimant sans fin et méprisant la mort.

SEMPER EADEM.

Créature harmonieuse et calme, — si haute que le bruit des choses ne semblait pas venir jusqu'à toi, et que tu vivais sereine en cette cité triste : — créature harmonieuse et calme, — calme ainsi que les marbres, les lis blancs et les astres, — les âmes que tu appelais en ta béatitude goûtaient dès cette vie même le repos de la mort.

Ton âme était semblable à un soir plein d'étoiles. — J'aimais à reposer aux fraîcheurs de ton âme ; j'aimais à respirer le souffle de ton âme, comme on respire l'air de la nuit. — Ton âme était semblable à un soir plein d'étoiles.

—

T'en souvient-il du temps où je tenais tes mains, où dans tes yeux je noyais mes yeux, — où de ta poitrine et de ton sein sortait une lumière qui me faisait meilleur?

—

L'harmonie même des nuits d'été, et la douce musique de la lune, la musique qu'exhale la Lune, dans le calme des nuits d'été, aucune de ces choses n'égalait l'harmonie pâle de ton visage.

—

..... Ta voix avait un merveilleux accent, l'indicible accent des forces lumineuses, de l'aube blanche dans les bois. — La fleur a le corps enveloppé de parfums : et une étrange douceur t'enveloppait aussi, que nul ne peut comprendre, s'il ne l'a pas goûtée.

—

En tout ce qui est pur, je te cherche, ô morte, et te revois : — dans les jeunes fleurs, dans les douceurs de mai, dans la neige sans tache des montagnes lointaines, — surtout dans la neige et l'azur des lointains . . . O mes amours perdues, mes lointaines amours ! . . . .

—

Sa démarche était suave et calme, et son parler profondément musical. — Une clarté musicale, une lumineuse musique, telle m'apparaissait Sperata : ainsi les jours d'été, la mer, qui à la fois reluit et chante. — Mais ceux qu'attristent les laideurs de ce monde peuvent seuls savoir comme est douce une chose musicale et parfaite.

—

Ses regards ressemblaient à de grands horizons nocturnes, à des horizons tout fleuris d'étoiles : — et ils versaient des étincelles d'amour dont la pluie fécondait mon âme ; et rien n'était doux comme de se baigner dans l'azur de ses yeux et l'azur de sa voix.

—

Ton amour fut un lac où un beau printemps, un soir de printemps, je noyai mon âme : un lac d'azur, une fraîche demeure, où il était si bon de se sentir mort, —

sans nulle penséé, sans souvenir.—Ton amour fut un lac
où un beau printemps, un soir de printemps, je noyai
mon âme.

—

Nous nous promenions au clair des étoiles : te
souvient-il de ces soirées profondes, — et de ces parfums
qu'exhalaient les plantes, et des douceurs qu'exhalait
ton corps? — Nous nous promenions au clair des étoiles, — mettant l'éternité dans toutes nos paroles.

—

La Lune était si triste hier en me voyant, en me
voyant pleurer celle que j'ai perdue, — et alors la Lune
pâle me voulut consoler. — La Lune distilla, comme
faisaient tes yeux, une paix divine et profonde ; — la
Lune distilla, ayant pitié de moi, les limpides clartés de
ton être.

—

Mon rêve s'est construit un château, un grand château près de la mer. — Le château est en granit noir,
et suspendu sur une roche,— si élevée et si droite, que
le vertige attire quiconque se penche et regarde en bas. —

En bas la mer, le ciel en haut, partout des espaces sans bornes ; — nul bruit humain, le bruit seul de la mer immense et des aigles — Dans une salle de granit noir, sombre et grave, pleine d'armes antiques, ma bien-aimée est assise devant l'infini de la mer, - ma bien-aimée aux yeux d'azur, plus infinis que la mer.... L'heure, le temps, nous l'avons oublié ; sommes-nous des morts, ma pensée n'en sait rien. — L'étroitesse des mondes n'oppresse plus mes sens.... Mon âme est *libre*, — et se plonge — de l'infini de la mer en celui de ses yeux.

—

L'éternelle vie, ô Sperata , je la veux semblable à ta beauté parfaite ; — je la rêve et la veux une harmonie comme toi .... — et je ne demanderais pour ma vie éternelle qu'à te tenir en mes bras toute l'éternité.

RESPUBLICA.

> Je vois constamment dans la création
> à un règne inférieur succé-
> der un règne supérieur, à une vie
> inférieure une vie plus haute. — Or
> l'homme ne doit plus arrêter ce saint
> déve oppement des choses, mais de
> toutes ses puissances agir aussi pour
> le triomphe du beau.

RESPUBLICA.

Nous voulons édifier un monde comme l'édifierait Dieu
lui-même, par la sagesse et par l'amour.

—

. . . . Respublica ! — Tous les êtres, tous les mondes
formant une cité idéale, tous les organes de l'infini, un
corps rayonnant et divin.... Le Beau, souverain des
choses ! . . . .

—

De l'imparfait, la création sans cesse monte vers
le parfait. Et d'abord les choses qui ne voient pas, n'en-
tendent pas et n'aiment pas, l'eau, les pierres et le sol

muet ; puis les arbres qui vivent déjà plus, puis les animaux qui vivent plus encore ; puis l'homme, pour qui la
terre, et le ciel lui-même, semblent par moments trop
étroits.... —Ainsi l'être le plus parfait est celui qui
demande la sphère la plus grande.— Or, aujourd'hui,
voilà que nos amours embrassent des nations tout entiè-
res, et je sais que bientôt elles embrasseront tous les êtres.
— Une race d'hommes est donc venue plus forte et plus
belle que les autres. La création n'est donc pas achevée
et de l'imparfait monte vers le parfait.

—

Chaque âme, dans l'universelle création, est à son tour
une création nouvelle. Chaque âme était portée dans la
nuit de sa mère ; et de la nuit elle est montée dans le jour
pour y monter de plus en plus.

—

.... L'égalité, c'est le droit qu'a tout homme venant
au monde, grand ou petit, peu importe, à une part égale
de respect et de justice, — de vie et de chaleur....

—

La science cherche la santé, les sources de la vie ; et elle les trouvera, et versera la force aux âmes comme aux corps, — multipliant dans le monde tous les éléments bienfaisants.

—

Pour consoler les multitudes, que le Beau se fasse chair et vive parmi elles. — Le peuple ne connaît que la Vénus du peuple, il est temps qu'il honore la Vénus Céleste.

—

.... Toute laideur est fille du mal.

—

Quand vous voyez tous ces peuples d'Asie, abrutis de vices, étrangement hébétés, vous comprenez alors que la vie forte et libre est chose sainte et agréable à Dieu. Les morts ne louent pas le Seigneur, dit la Bible. — La guerre seule autrefois rapprochait tous ces peuples : la paix le fait mieux aujourd'hui ; — or il y a là pour nous une œuvre à accomplir, relever leurs corps et relever leurs âmes, — étant de races accoutumées à vaincre les fatalités qui pèsent sur le corps et sur l'âme.

—

La liberté humaine doit être quelque chose d'assez grave, pour que le Christ et les plus grands d'entre les hommes aient cru pour elle devoir mourir, plutôt que de la voir morte.

—

Ce qui fait vraiment libre, c'est moins encore la liberté que la volonté d'être toujours libre.

—

. . . Aux premiers âges du monde, le père de famille était le prêtre ; et à la fin des âges, il le sera de nouveau ; alors, il n'y aura plus de castes séparées, — ni castes de prêtres, ni castes de soldats ; — tout homme sera prêtre et tout homme soldat, se rapprochant ainsi du sublime idéal que Dieu se faisait de l'homme.

—

Ayez, par l'éducation, des citoyens grands et virils, et vos assemblées, comme au temps de la république romaine, deviendront des assemblées de rois : — mais il semble aujourd'hui qu'ils n'aiment plus les rois.

—

Saint Paul n'est-il pas le plus grand de tous les politiques, quand ce qu'il veut, c'est une société où la Loi antique, qui est la force, ne soit pas sans cesse obligée d'intervenir pour empêcher le mal et fonder l'ordre , — mais où le bien et l'ordre soient produits par la libre volonté de tous. — Les sages, dans une république, n'obéissent qu'à l'autorité de la raison. Or, plus cette autorité s'étendra, moins l'autorité des lois sera nécessaire ; et ce sera alors la vraie *théocratie*, le vrai règne de Dieu....

—

Ce qui partout est vrai et juste tôt ou tard aura son triomphe.

—

.... L'autorité morale de la raison et de la justice, c'est là seule qu'il nous faut vouloir pour la république des peuples. Les peuples sortiront bientôt de cet état de nature où ils sont encore aujourd'hui, et ils arriveront au temps de la toute-puissance du Bien. — Il faut qu'ils soient un: la beauté se peut-elle produire sans l'harmonie parfaite des éléments qui la composent? Et cette société, fondée sur la liberté de tous, elle n'aura d'autres liens que des liens moraux, d'autre unité qu'une unité morale !

—

.... O Humanité, grandis comme un arbre, tes racines dans le sol, et ton front dans les cieux ; sois comme un arbre magnifique, que sans cesse pénètre le souffle du divin ; étends et développe tes générations, ainsi qu'un vert feuillage toujours renouvelé ; que la vie forte circule en toutes tes parties, et que les joies sublimes comme un chœur d'oiseaux descendent se poser en tes branches.— O Infini, sois comme l'humanité un arbre magnifique, qu'éternellement baigne la lumière. — Sois comme un arbre magnifique, tout ruisselant de clartés, tout mouillé d'harmonie, et qu'en toi perpétuellement frémisse le profond murmure de l'amour.

ÉPILOGUE.

ÉPILOGUE.

Écœuré, dégoûté de l'amour et du rêve,
Comme de vins trop doux dont je bus trop souvent,
Voilà que de nouveau je suis indifférent
A tout, — que la nuit tombe, ou que le jour se lève.

N'importe ! je demeure : et j'ai même l'envie,
Quand je serai moins las, d'aller me rendre fou,

En me penchant pour voir au bord de ce grand trou,
De ce grand trou sans fond, qu'on appelle la vie.

....Je croyais, je crois moins, c'est une vieille histoire ;
J'ai mis dans le cercueil mes songes d'autrefois.—
—Allons, marche quand même, et fais ce que tu dois :
Qui n'espère plus rien n'aura plus de déboire.

FIN.

TABLE DES MATIÈRES.